Die Geschichte des Herrn Holle

Unserem Vater

Christoph Pavel
Steffen Pavel

Die Geschichte des Herrn Holle

Novelle

©2008 Christoph Pavel und Steffen Pavel

Herstellung und Verlag:
Books on Demand GmbH, Norderstedt

ISBN: 9783837084825

Bibliographische Information der Deutschen
Nationalbibliothek
Die Deutsche Nationalbibliothek verzeichnet diese
Publikation in der Deutschen Nationalbiografie;
detaillierte bibliografische Daten sind im Internet über
http://dnb.d-nb.de abrufbar

Vorwort

Einen Sohn zeugen, ein Haus bauen, einen Baum pflanzen ein Buch schreiben. Das sind vier der 100 Dinge, die man als Mann laut vorherrschender Meinung in seinem Leben getan haben sollte. Beim ein oder anderen oben genannten Punkt mag es vielleicht noch hapern, aber eines ist sicher, mit dem vorliegenden Buch ist das Autorenpaar, das im wirklichen Leben ein Brüderpaar ist, seinem Vater nun einen Schritt voraus. Dieses Buch würde es vielleicht gar nicht geben, hätte unser Vater nicht einen oder mehrere Söhne gezeugt, ein Haus, nun sagen wir gestaltet, mindestens einen Baum gepflanzt und dann nach dem Übertritt ins Dasein als Privatier des Öfteren verlauten lassen, ein Buch zu schreiben. Den Titel hätte er bereits, „Die Geschichte von Herrn Holle" solle das Buch heißen, ob es auch davon handeln sollte lies er dahingestellt.

Der geneigte Leser wird sich nun fragen wie das zusammenpasst. Ganz einfach werfen wir, die Autoren, ihm entgegen. Nach nun bald 8 Jahre Abstinenz von der regelmäßigen Erwerbstätigkeit und nach zahllosen Studienfahrten auf den afrikanischen Kontinent schaffte unser Vater es nicht einmal Reiseberichte zu verfassen, geschweige denn, den angekündigten Roman zumindest zu skizzieren. Wir als tief verbundene Söhne wollen mit diesem vorliegenden Schriftstück zweierlei:

Erstens wollen wir zeigen, dass es durchaus nicht unmöglich ist ein Leben zu führen und nebenbei ein Buch zu schreiben.

Wir wollen zweitens einen Ansporn geben. Denn wie wir unseren Vater kennen so wird er sicherlich an der einen oder anderen Stelle, nun realistischer Weise betrachtet an ziemlich jeder Stelle den Bedarf einer kleinen oder größeren Verbesserung oder Korrektur sehen. Da das Buch nun aber bereits veröffentlicht ist und auch über eine ISBN verfügt (siehe Umschlag), können keine Korrekturen mehr angenommen werden. Korrekturen oder Anmerkungen des Lektors müssen zwangsläufig in ein neues Buch münden. Dies aber nur als Verlegenheitslösung für den Fall, dass unser mehr als zweifelhaftes Werk, auf das wir aber nicht minder stolz sind, nicht selbst schon Ansporn genug gibt, es von Grund auf besser zu machen. Und dann können wir etwas machen, was unser Vater für uns schon seit Kindesbeinen an tut. Ein Vorbild sein im Tun und Wesen, Unterstützung geben mit Tat und Wort, an Erfahrungen teilhaben lassen und immer gut sein für einen weisen und ehrlichen Rat.

Steffen Pavel   *Christoph Pavel*

München im Dezember 2008   *Mannheim im Dezember 2008*

Kapitel 1

Herr Holle sitzt niedergeschlagen auf seinem Bett und bedauert sich selbst. Nun, eigentlich ist es nicht sein Bett alleine, er teilt sich das Stockbett mit Ralf. Nun, eigentlich ist es aber auch nicht ihr Bett. Es gehört dem Land Baden-Württemberg, denn es steht im 2. Stock des Baus III der JVA Stuttgart im Stadtteil Stammheim in einer Zweimannzelle. Ralf schnarcht auf der oberen Matratze und Holle, dem jegliche Art von Körpergeräuschen ein Gräuel sind, ärgert sich, dass man zwar seinen Blick angewidert von einer Abscheulichkeit abwenden kann, mit Geräuschen und Gerüchen aber nicht vergleichbar simpel verfahren kann. Die Ohren zuhalten. Pah, als ob das je etwas gebracht hätte. Man konnte noch so gute Ohrstöpsel haben, man hörte immer noch etwas. Oder die Nase, gut, wenn es einem stinkt, dann kann man zwar die Nase zuhalten und durch den Mund atmen, aber will man die gestankgeschwängerte Luft, vor der man seine Nase beschützen wollte wirklich ungefiltert durch den Mund über das Geschmacksorgan Zunge hinweg in die Lunge strömen lassen? Man denke da an Kuhdunggestank und Verwesungsgerüche, nein das ist in diesem Fall keine vernünftige Alternative zur konventionellen Nasenatmung.

Untersuchungshaft – Als er gestern Abend dem Haftrichter vorgeführt worden war und dieser wegen Flucht und Verdunkelungsgefahr die Untersuchungshaft anordnete, war Herr Holle sich noch wie in einem Film vorgekommen, so unbeteiligt hatte er sich gefühlt. Die erkennungsdienstliche Behandlung, die Leibesvisitationen und die herrischen Anweisungen ließ er wie paralysiert über sich ergehen. Das Abendessen, das er dann nach der Anordnung der Untersuchungshaft zusammen mit seinem Zellengenossen Ralf einnahm, erlebte er auch irgendwie passiv und indirekt. „Ein Glück!", wie er sich sagte, denn sonst hätte er vermutlich keinen Bissen der fragwürdigen Kostzusammenstellung hinunterbekommen. Wie konnte die Anstaltsküche erwarten, dass ein durchschnittlich vernünftiger Esser Hühnerfrikassee mit Kartoffeln statt mit Reis als Sättigungsbeilage genießen könne, und auch das Kartoffelpüree schmeckte mehr nach altem Frittierfett als nach irgendetwas anderem. Aber nun kurz nach dem Erwachen war Herrn Holle sich seiner Situation bewusst geworden. Obgleich, wenn Herr Holle es so recht bedachte, hätte er durchaus schon Ende der siebziger Jahren Dauergast dieses Knastes in Stuttgart Stammheim werden können. Nein, nicht dass Herr Holle je Anhänger linker Strömungen gewesen wäre oder mit der außerparlamentarischen Opposition sympathisiert hätte. Ob es dann letztlich die Raubzüge der RAF im September 1970 in Berlin gewesen waren, die Herrn Holle inspiriert hatten lässt sich nun nicht mehr nachvollziehen. Fakt ist und bleibt aber, dass Herr Holle damals, Ende der siebziger Jahre fast einen Postraub begangen hätte. Rückblickend betrachtet war es eine vollkommen absurde und hirnrissige Idee gewesen, ernsthaft darüber nachzudenken, das Postamt in dem Haus, in dem er im 2. Stock eine Wohnung bewohnt hatte, auszurauben. Vom Balkon herab abseilen und durch das ungesicherte Fenster im Hinterhof einsteigen und dann… ja, was dann? Weiter als bis hier hin ging sie nämlich nicht diese unausgegorene Idee eines kriminologischen Laien. Zum Glück war es nur bei der Idee geblieben, aber so hatte es denn angefangen mit der kriminellen Energie des Herrn Holle. Seine Frau hatte ihn damals davon abgehalten, seine Idee in die Tat umzusetzen. Nun, sie tat es nicht aktiv, eher ohne ihr eigentliches Zutun. Es war vielmehr so, dass damals der letzte Wille zur Umsetzung fehlte bei Herrn Holle, die Gier, nein, sagen wir der Drang nach Geld. Denn durch seine Heirat mit seiner Frau damals hatte er sich gleich dreier Probleme auf ein Mal entledigt.

Problem eins, dessen er sich mit dieser Heirat entledigt hatte, war das Thema Erwerbstätigkeit und mangelnde finanzielle Sicherheit. Frau Holle war eine erfolgreiche Geschäftsfrau in einem krisensicheren Umfeld. Ihr Ehemann musste sich also im finanziellen Bereich um nichts Sorgen machen. Problem Numero zwo, dass en passant abgefrühstückt worden war, war das Problem Zusammenleben. Herr Holle war, was man so gemeinhin partnerschaftsinkompatibel nennt. Ja, das konnte man mit Fug und Recht behaupten: Olaf Holle konnte nicht mit Frauen zusammenleben. Zahlreiche geschasste Ex-Freundinnen pflastern den Weg seiner erfolglosen Versuche, ein gesittetes deutsches Partnerschaftsleben zu führen. Er musste sich letztendlich eingestehen, dass er sich nicht vorstellen konnte mit einer Frau zusammenzuleben. Die ideale Partnerschaft konnte er sich nur mit einem Mann vorstellen. Letzten Endes musste Holle allerdings von diesem Lebenskonzept Abschied nehmen, da er sich unter keinen Umständen vorstellen konnte, in der Art der engeren sozialen Interaktion zwischen Männern Erfüllung oder gar Wollust empfinden zu können oder gar zu wollen. Kurz und gut, Herrn Holle kam eine Ehefrau gerufen, die nur sporadisch die gemeinsame Wohnung aufzusuchen gedachte und auf Grund dessen, anlässlich der seltenen Besuche, sexuellen Wünschen ihres Ehemannes durchaus positiv und aufgeschlossen gegenüberstand und diese in der Regel in seinem Sinne erfüllte. Aber der eigentliche

Grund war die Möglichkeit der Namensänderung gewesen. Durch diese sollte mit der Vermählung das dritte Problem gelöst werden.

Olaf Holle war von seinen Eltern mit einem schrecklich belanglosen Namen bedacht worden. Einen nichtssagenderen Namen als Olaf konnte man wahrlich nicht aussuchen. Mit seinen vier Buchstaben war er zwar kurz, mit seinen zwei Silben jedoch besaß er nicht die männliche Schlagkraft und akkurate Prägnanz einsilbiger Vornamen wie Ulf, Pit, Tom oder Ralph. Ob seinen Eltern das bewusst gewesen war, was Sie ihm mit diesem Namen angetan hatten? Wie um alles in der Welt waren seine Eltern nur auf solch einen Namen gekommen? Er hatte Sie nie danach gefragt, denn eines ist sicher, was auch immer deren Antwort gewesen wäre, es wäre ein Schlag ins Gesicht von Olaf gewesen. Entweder wäre ihnen die Herkunft des Namens nicht bewusst gewesen, dann hätten sie geantwortet, dass ihnen der Name so gut gefallen hätte, dass er eben schön klänge und rhythmisch sei und ihr Sohn damals nach seiner Geburt eben wie ein Olaf ausgesehen hätte. Diese Antwort wäre einer maßlosen Beleidigung gleichgekommen, denn auch die, denen nicht gewahr ist, dass Olaf Holle eine Zangengeburt war und es auf Grund der daraus resultierenden Verformungen an seinem Schädel keine Photographien des Neugeborenen gab, hätten in diesen Worten eine Form der Nichtwertschätzung erkennen müssen. Als ob der Name Olaf wohlklingend sei. Einen eingängigen Rhythmus in einem Namen erkennen zu glauben bei dem sich zwei Silben um vier Buchstaben streiten, zeugt hier in besonderer Weise von der Abstinenz jeglichen Taktgefühls. Aber auch die andere Antwortalternative hätte viel Zündstoff geboten. Hätte die Antwort gelautet, dass sich die Eltern nach langem Studium der Etymologie verschiedener Vornamensalternativen und nach dem Rat von führenden Onomastikern unter der Fülle möglicher Lebensbegleiter für den Namen Olaf entschieden hatten, wäre der Sohn zu Recht in Agonie verfallen. Was sollte der Name Olaf denn transportieren? Gut seine Familie war deutsch, die Deutschen stammten von den Germanen ab, so war es nur gut und recht dieser Tradition mit einem germanischen Namen Rechnung zu tragen. Olaf der Name stammte vom germanischen Anulaifaz, was soviel wie „Nachkomme des Urahns" bedeutete. Auch das war richtig, Olaf Holle war ein Nachkomme seines Urahns, so wie sein Vater, sein Onkel, sein Cousin und auch sein Großvater und wie eigentliche alle auf dieser Welt. Wie so viele andere der Millionen deutschen Bundesbürger war auch Olaf Holle ein Nachkomme seines germanischen Urahns, womit die Namenswahl vollkommen schlüssig und rational zu begründen gewesen wäre. Ja rational wäre sie begründet, aber nicht emotional. Nicht einmal den einfachen und aufwandslosen Luxus eines zweiten Vornamens hatten seine Eltern ihm gegönnt. Hätte er sich doch später seine Rufnamen selbst wählen können, denn schlimmer als Olaf, so war er sich sicher, schlimmer als Olaf hätte der zweite Name nie und nimmer sein können. Die Frau vom Standesamt damals hatte sein Gesuch nach einer Änderung seines Vornamens mit dem Hinweis auf die rigorose deutsche Namensgesetzgebung negativ beschieden. So war ihm bereits mit 16 Jahren klar geworden, dass er wohl nie in der Lage sein würde sich seines Vornamens zu entledigen. Die naheliegenste Lösung hätte in der Annahme eines Spitznamens bestanden. Das Problem bestand aber genau darin. Einen Spitznamen, so musste Olaf als Schulkind damals schmerzlich erkennen, kann man nicht annehmen wie die Wahl zum Klassensprecher oder ein leidvolles Schicksal. Ein Spitzname wurde einem verliehen entweder wie ein Orden oder wie eine Narrenhaube. Hierfür fehlte es Olaf jedoch an Beliebtheit und Unpopularität gleichermaßen. Olaf war ein Unscheinbarer, gleichsam ein gesellschaftlicher Untoter. Die Schulgemeinschaft der war sich seiner Existenz und Gegenwärtigkeit zwar voll bewusst konnte ihn aber nicht fassen und übersah ihn als gesichtslosen Mitläufer. Olaf war einer der Typen gewesen, die zum 10 jährigen Schulabschlussjubiläum nicht eingeladen wurden, auch wenn sie immer noch unter der gleichen Adresse und Telefonnummer wie damals zu ihrer Schulzeit zu erreichen gewesen wären. Man erinnerte sich einfach nicht mehr an ihn. Seine Versuche selbst kreierte Spitznamen wie ein Gerücht zu streuen verpufften wie Worte im Wind. Einen Spitznamen hatte Olaf nicht, dennoch wurde er nicht mit seinem Rufnamen angesprochen. Olaf teilte den Schmerz wie viele andere gesellschaftlich Verschmähte vor ihm. Er wurde beim Nachnamen gerufen. Sein Nachname war Olafs zweite unmittelbare Verletzung die ihm mit seiner Geburt zuteil wurde. Der Name seiner Familie war nichtssagend. Das war keineswegs anmaßend und unverschämt. Olafs Familienname war weder bildhaft wie Schuster oder Goldmann, weder weltmännisch wie „von Halberstein" noch so gewöhnlich wie Meier, Müller, Schulz. Er war so nichtssagend und facettenlos, dass die Wandlung seines Familiennamens zum Rufnamen für Olaf die größte Pein darstellte und quasi zur Offenbarung seiner gesellschaftlichen Situation wurde. Darum galt sein Beschluss noch vor seinem Abitur diesen seinen Namensmakel alsbald mit Hilfe einer Heirat abzulegen.

Und die Gelegenheit sollte sich bald nach seiner Reifeprüfung ergeben. Olaf hatte sich entschieden nach seinem Abitur eine kaufmännische Ausbildung zu absolvieren. Doch bevor er seine Lehrstelle bei einem großen Elektronikkonzern antreten konnte musste Olaf seinen Wehrdienst ableisten. Was er aus diesen 18 Monaten in sein weiteres Leben mitnahm war die Einsicht, dass Rituale, einfache und klare Strukturen ihm halfen sein Leben zumindest geordnet zu ertragen. Besonders befreiend empfand er das Tragen von Uniformen. Uniformzwang verhindert die unnötige Verschwendung von Lebenszeit. Keine endlosen Nachmittage in Boutiquen und Kaufhäusern bei der Wahl der neuesten Moden. Keine entwürdigenden Ankleidevorgänge mehr in muffigen und engen Kabinen. Kein sich zur Schaustellen vor dem Verkäufer, kein „im Schritt haben Sie ja noch Platz", kein „an den Schultern ist das aber doch weit" mehr. Nach der Entlassung aus dem Wehrdienst nahm Olaf sein Entlassungsgeld, ging in den nächsten C&A, um dort dreimal die gleiche Kombination aus grauer Hose, weißem Hemd, karierter Krawatte und dunkelblauem Sakko zu erwerben. Nun war er gewappnet für seine Lehre. Olafs Rolle wandelte sich im Kreise seiner Lehrlingskollegen vom Nobody zum Sonderling. Unter all den modebewussten Dandys fiel er alsbald auf mit seiner zivilen Uniform. Sie war es auch, die letztendlich dazu führte, dass Olaf zum Lieblingslehrling ihres BkN[1] Herrn Balzer wurde. Herr Balzer, der zusammen mit seinem

---

[1] wie der „Betreuer des kaufmännischen Nachwuchses" für den einfachen Sprachgebrauch in degradierender Art und Weise abgekürzt wurde

Vorgesetzten Herrn Spieker stets darauf bedacht war, dass ihre Lehrlinge mit ihren Leistungen, aber vor allem mit ihrer Disziplin und Erscheinung ein dem Ansehen und der Würde des Hauses angemessenes Verhalten an den Tag legten, was nicht zuletzt ihrer aller Karrieren zuträglich sein würde. Allein für das Tragen seiner Uniform gewährte Herr Balzer Olaf so zusätzliche Urlaubstage und ermöglichte ihm die freie Wahl der Abteilungen für seine Lehrzeit. Einem anderen Lehrling war Herr Balzer allerdings weniger gut gesonnen. Was nicht zuletzt an dessen offen zur Schau getragenen Provokation gegenüber dem BkN begründet war. Einer der Lehrlingskollegen hatte es doch gewagt, in kurzer Hose und Hemd rauchend am Arbeitsplatz zu erscheinen. Der BkN raunzte ihn an: „Wie laufen Sie denn rum, wollen Sie zum Camping?" wie man sagt: „Dein Arsch gehört mir!". Diese Aktion hatte ein langes Nachbeben. Das Letzte, was man von diesem renitenten Auszubildenden hörte war, dass er nach Abschluss der Lehre zu einer Vertriebsgesellschaft nach Marokko verbannt wurde.

Bei einem Mittagessen in der Kantine stellte Herr Balzer ihm Frau Holle vor. Die jüngste Führungskraft der Niederlassung. Olaf sollte für die kommenden 3 Monate ihrer Abteilung beigestellt werden. Frau Holle die ca. 10 Jahre älter als Olaf war, fand schnell Gefallen an ihrem Lehrling. Gefühle, die nicht ganz leicht von mütterlichen Gefühlen zu trennen waren, kamen bald hinzu. Kurz und gut, bereits vor Ablauf der 3 Monate in Frau Holles Abteilung hatten die beiden zueinander gefunden. Wohl weislich unter dem Mantel der Verschwiegenheit. Man hatte sich bereits darauf verständigt zu heiraten, sobald Olaf seine Lehre abgeschlossen habe. Bis dahin hielten sie die gemeinsamen Treffen im Geheimen ab, wollte man doch jedwedem Gerede entgehen. Aus diesem Grunde fiel auch die Beurteilung des Lehrlings Olaf in Frau Holles Abteilung im Vergleich zu seinen anderen Leistungen unterdurchschnittlich aus, was bei Herrn Balzer größten Unmut hervorrief.

Und nun saß Herr Holle in Untersuchungshaft in der JVA Stuttgart und erinnerte sich des Beginns seiner kriminalistischen Laufbahn. In einer Justizvollzugsanstalt mit Leitbild, einem Leitbild mit gefangenenbezogenen, mitarbeiterbezogenen und gesellschaftsbezogene Zielen. Im Warteraum der JVA hatte Holle gestern Abend Gelegenheit gehabt, das Leitbild zu studieren. An die ersten beiden Punkte der gefangenenbezogenen Ziele konnte er sich noch genau erinnern:

- *Wir nehmen die Gefangenen ernst, sind ehrlich und behandeln sie menschlich und gerecht; sie können sich auf uns verlassen.*

- *Wir begegnen den Gefangenen mit der erforderlichen Nähe und der gebotenen Distanz.*

Trost spenden konnten diese Worte zwar nicht, aber Holle war gespannt, wie die Umsetzung im Gefängnisalltag gestaltet wurde.

Kapitel 2

Schon bald nach ihrer eilig durchgeführten Hochzeit war das Brautpaar Holle nach Stuttgart gezogen, wo neue Herausforderungen auf die Frau des Hauses warteten. Man hatte eine Wohnung bezogen, die man von einem Innenarchitekten einrichten ließ, da Frau Holle nicht die Zeit und Herr Holle nicht das Gespür für Inneneinrichtungen hatte. Das Ergebnis war eine Wohnung mit perfekt abgestimmten Farben, Mobiliar und sonstigem Interieur, in dem sich das Ehepaar alles andere als wohl fühlte. Herr Holle führte das Leben eines Privatiers, wohl etwas früher als er nach seinem Abitur zu hoffen gewagt hätte. Hatte er doch schon damals unter seinen Mitschülern verbreitet – nicht dass dies für jene von Interesse gewesen wäre – dass er gedenke, spätestens im Alter von 50 die Erwerbstätigkeit aufzugeben, um sich fortan der müßigen Untätigkeit hinzugeben. Frau Holle ging ganz in Ihrem neuen Tätigkeitsbereich auf und ließ ihren Gatten in jeglicher Hinsicht gewähren.

Die Idee mit dem Postamt war ihm an einem feucht-fröhlichen Abend gekommen. Sein Bruder und dessen Gemahlin waren zu Besuch gewesen. Seine Ehefrau war Dank eines Zufall (ihn glücklich zu nennen wäre übertrieben) diesen Abend ebenfalls zugegen, und ganz entgegen Herrn Holles Erwartung hatte sich die Gesellschaft als sehr kurzweilig, ja, gar als sehr unterhaltend entwickelt. Als im Laufe des Abends das Bier zur Neige ging, stapfte er die drei Stockwerke hinab in den Keller, um Nachschub zu holen. Im Keller angekommen, verfluchte er sich still, keine Tasche oder Korb mitgenommen zu haben. Also klemmte er sich Bierflaschen unter den Arm und zwischen die Finger und begab sich wieder nach oben. Als er beim Wiederaufstieg im Erdgeschoß die gepanzerte Türe der Postfiliale passierte, kam ihm der Einfall mit dem Postraub. Während er also treppensteigend über die plumpe Einbruchsstrategie sinnierte, stolperte er über eine Stufe. Da er durch die Bierflaschen keine Hand frei hatte, das kostbare Bier aber nicht loslassen wollte, fiel er mitsamt den Flaschen in der Hand der Länge nach auf die Treppenstufen, nicht ohne sich tüchtig den Unterarm aufzuschlitzen. Durch den Lärm aufgeschreckt eilte die bierselige Gesellschaft aus dem 2. Stock die Treppen hinab und fand ihn in einer Suppe aus Bier, Blut und Scherben liegen. Das Angebot seines Bruders, ihn ins Krankenhaus zu fahren, schlug Herr Holle aus. So durch und durch mit Bier getränkt, sowohl von außen als auch von innen, wollte er nicht in der Notaufnahme vorstellig werden. Stattdessen duschte er zunächst, zog sich frisch an, verband seine Wunde notdürftig und ließ sich dann mit einer Taxe in die Notaufnahme bringen. Mehr aus Neugier, als aus Geltungssucht kostete er seine teure private Krankenversicherung mit Chefarztoption voll aus, indem er sich nachts um 23:00 Uhr vom leitenden Oberarzt der Klinik seine Schnittwunde nähen und verbinden ließ. Der Chefarzt der Unfallchirugie war zwar etwas übellaunig und murmelte ständig etwas von „Theater" und „Faust" und „Premiere". Anschließend ließ Herr Holle sich für eine Nacht stationär einweisen, sehr zur Freude seiner Gemahlin. Der Gedanke an den Postraub beschäftigte ihn zwar noch den gesamten Krankenhausaufenthalt über, als ihn seine Frau jedoch am nächsten Morgen von ihrem Wagen abholen und nach Hause fahren lies, war der Gedanke daran bereits unter den Alltagssorgen verschüttet.

Herr Holle genoss sein Leben als Privatier. Er genoss es, den Haushalt zu führen. Lästige Haushaltstätigkeiten kannte er nicht. Vor allem anderen gefiel ihm das Fegen, das Fegen von Wohnräumen, nicht hingegen das Fegen als Tätigkeit an sich. Wohnräume bilden einen abgeschlossen Bereich, sind zumeist nicht größer als 40 Quadratmeter und beinhalten Möbel. Es war also nicht so, dass Herr Holle das Fegen als meditativen Akt begriff. Er fand in nicht enden wollenden, gleichmäßigen Kehrbewegungen, wie beispielsweise beim Kehren eines Kasernenhofes nicht seine innige Ruhe, Zufriedenheit und Entspannung. Nein, er war mehr ein Freund der komplexeren Kehr- und Fegevorgänge. Das Entlangkehren an Fußleisten und das Umkehren von Hindernissen erforderten höchste Konzentration und Körperbeherrschung, die nur durch jahrelanges Training zu perfektionieren waren.

Neben dem Kehren war ihm das Kochen eine Leidenschaft. Gerne verbrachte er ganze Tage mit der Zubereitung eines einzigen Gerichtes, was er dann mangels Anwesenheit seiner Frau alleine verspeisen durfte und die Reste in eine der großen Tiefkühltruhen im Keller verstaute.

So lebte das Ehepaar Holle in trauter Getrenntheit und Parallelität ihr zufriedenes Leben, bis am Tage vor Herrn Holles 60. Geburtstag die große Wende eintrat. Frau Holle, die ja 10 Jahre vor Ihrem Gemahl das Licht der Welt erblickt hatte, war im Alter von 65 Jahren von ihrer Firma, der sie mehr als 40 Jahre treu ergeben war, hinterrücks, so nannte Sie es, zwangsverrentet worden. Da Sie sich ein Leben im Ruhestand zusammen mit ihrem Mann in keinster Weise vorstellen konnte, machte Sie sich selbständig und baute in kürzester Zeit eine florierende

Beratungsfirma auf, die bereits nach 5 Jahren den Markt der alteingesessenen Firmen gehörig aufwirbelte. So war es nicht verwunderlich, dass sie größten Anfeindungen und Manipulationsversuchen ausgesetzt war. Frau Holle, die stets ein Leben geordneter Betriebsamkeit geführt hatte, sah sich zum ersten Mal in Ihrem Leben mit psychischen Stress und existenziellen Ängsten konfrontiert. Ihr Körper wusste mit dieser neuartigen Situation nicht anders umzugehen als einen Herzinfarkt zu erzeugen, dem Frau Holle in kürzester Zeit erlag.

So saß Herr Holle zwei Tage nach dem Tod seiner geliebten Frau im Beratungszimmer des örtlichen Bestattungsunternehmers. Links und rechts an der Wand hingen Bilder von toten Berühmtheiten, die oder vielmehr deren Nachkommen auch schon Kunden hier gewesen waren. Der junge Mann in Schwarz vor Ihm handelte äußerst professionell, das musste Holle zugeben. Er war einfühlsam und doch distanziert, er war emsig und doch stets einfühlsam. Nur konnte Holle nicht dessen Erleichterung teilen, dass seine Frau zu Lebzeiten eine Sterbeversicherung abgeschlossen hatte. Her Holle kam nicht umhin sich zu wundern, dass dem *funereal manager* das Satzfragment „welch ein Glück" über die Lippen kam. Um nichts musste Herr Holle sich mehr kümmern, alles war bereits geplant, gebucht und finanziert. Seine Frau wollte in Einsamkeit eingeäschert werden und die Asche sollte im Rahmen einer Almwiesenbestattung in den Bergen des Schweizer Kantons Wallis auf einer Blumenwiese mit Südhang verstreut werden. Die Bestattung vornehmen sollte ein alter Jugendfreund seiner Frau, der mittlerweile als Emerit in den Schweizer Alpen seinen Lebensabend verbrachte. Kurzum Herr Holle war nur noch nötig verschiedene

Formalitäten der deutschen Behörden zu signieren und war dann frei in aller Ruhe zu trauern, was Herrn Holle sichtlich schwer fiel.

Nach dem Tod seiner Frau wurde das Leben von Herrn Holle noch bedeutungsleerer und langweiliger, als es ohnehin schon war. Nein, ganz Recht besehen, war es schon immer so gewesen, er hatte sich diesen Umstand durch die Ablenkung mit äußeren Gegebenheiten nur nie gewahr werden lassen. Herr Holle war allein in seiner Trauer. Es gab keine nahen Verwandten mehr oder Freunde, die ihm in seiner Trauer beistehen konnten. Allein seine Nachbarn sah er mehr als dreimal im Jahr, aber die Zusammenkünfte im Treppenhaus beschränkte er auf nötigste und meidete den Austausch ganzer Sätze. Also zog sich Herr Holle in seine Wohnung zurück, um zu trinken. Seine umfangreiche Hausbar bot einen ausreichenden Bestand an alkoholischen Köstlichkeiten. Mit drei Flaschen und einem Glas bewaffnet zog sich Herr Holle ins Schlafzimmer zurück, mit dem festen Vorsatz, fortan der Trinkerei zu frönen und es zu einem passablen Alkoholiker zu bringen. Die unbändigen Kopfschmerzen am nächsten Tage, die auch durch höhere Dosen Rhum Agricole nicht zu bändigen waren, offenbarten Herrn Holle seine offensichtliche Disqualifikation als Alkoholiker.

Schon am nächsten Tag betrat Herr Holle zum ersten Mal in seinem Leben ein Reisebüro, um dort einen Aktivurlaub zu buchen. Vielleicht sollte die sportliche Ertüchtigung ihn in die Lage versetzen, seinem bedeutungsleeren Leben neuen Inhalt und Erfüllung zu geben. Mehr zufällig als intuitiv entschied Holle sich für eine halbjährige Aktivweltreise, mit folgenden sportlichen Inhalten: Badminton in Indonesien, Windsurfen in Südafrika, Wellenschwimmen in Südfrankreich, Schifahren im Schwarzwald, Gewichtheben in der Türkei und Kajakfahren in den Rocky Mountains. Manche Sportarten lagen Herrn Holle sehr gut, andere eher nicht. Besonders gut gefiel Herrn Holle das Gewichtheben, wo er bei einem Dreikampf in einem Hinterhof in Istanbul den dritten Platz erreichte. Nach dem Reißen und Stoßen war er noch in den unteren Rängen gestanden, hatte dann beim Drücken, dass völlig zu Unrecht seit 1972 nicht mehr olympisch ist, sein Ausnahmetalent unter Beweis gestellt und war völlig überraschend auf das Siegertreppchen gelangt und bekam als Preis eine Mailänder Rindersalami überreicht. Im Badminton hatte er sich ebenfalls nicht schlecht angestellt. Das Windsurfen und auch das Schifahren hingegen waren das seine nicht. Beim Windsurfen wollte ihm das wenden nicht gelingen, anstatt mit dem Segel in der Hand und durch Gewichtsverlagerung die Richtung zu wechseln, musste er sich bei der Wende ins Wasser fallen lassen um abzubremsen und das Brett neu auszurichten. Das Schifahren machte ihm seine erste selbständige Abfahrt zu Leide als er mit mäßiger Geschwindigkeit die Piste herabglitt und in einen Maschendrahtzaun hineinfuhr. Wie durch ein Wunder blieb er unverletzt, das Gefühl aber mit den Skispitzen im Zaun festzusitzen und selber kopfüber von den Skiern zu hängen, die Füße und Stiefel fest in der Bindung steckend, tat das seinige, Herrn Holle das Skifahren zu verleiden.

Aber diese negativen Ereignisse konnten Herrn Holle den Spaß am Sport an sich nicht nehmen. Zurückgekehrt aus dem Aktivurlaub hatte er sich daheim bereits weitere Kataloge besorgt, um den nächsten Sporturlaub zu planen, als das Fernsehprogramm seine Aufmerksamkeit erweckte. Dort war zu sehen, wie ein älterer Herr in einem Kajak sitzend eine Eskimorolle versuchte, was aber gründlich misslang. Das Kajak lag mit dem Bug nach oben im Wasser und machte keinerlei Anstalten sich umzudrehen. Als nach Ewigkeiten andere Kajakfahrer hinzueilten um das Kajak zu drehen konnte man in Nahaufnahme das nach Luft schnappende puderrote Gesicht von Herrn Holle erkennen. Diese peinliche und erniedrigende Situation hatte Herr Holle bereits vollständig verdrängt. Mit einem Schlag verfiel er in alte Lethargie und sein Leben verlor abermals seine Sinnhaftigkeit.

Tagelang verließ Holle das Haus nicht mehr, er wusch sich nicht mehr, rasierte sich nicht mehr, er wechselte seine Kleidung nicht mehr, er verspeiste alle Vorräte, die Konserven aus dem Vorratschrank, die eingefrorenen Speisen aus den Gefriertruhen im Keller, bis alle Schränke leer waren und er vor Hunger ganz schwach war und sich kaum noch fortbewegen konnte. Er schleppte sich ins Bett und wollte nur noch sterben. Da schreckte ihn der ohrenbetäubende Lärm einer Sirene auf. Das Postamt, sagte er sich, das ist der Alarm des Postamtes im Erdgeschoß, es wird gerade ausgeraubt. Er irrte. Das Postamt im Erdgeschoß gab es schon lange nicht mehr. Im Zuge der Privatisierung der Post war die Filiale in seinem Haus bereits vor Jahren aufgegeben worden. Verschiedenste Einzelhändler hatten in den letzten Jahren versucht in den Ladenräumen eine neue Existenz aufzubauen, ohne Erfolg. Deshalb standen die Räume bereits seit Monaten leer. Die Sirene, die Herr Holle zu hören glaubte war lediglich eine Halluzination. Er war lediglich zu schwach und ausgelaugt um dessen gewahr zu werden. Auch dass es das Postamt schon lange nicht mehr gab, war eine Tatsache, die im Hungerwahn abhandengekommen war. Aber in dem Moment, als Holle die Einbruchssirene des Postamtes zu hören glaubte, hatte er eine Idee. Eine Art Vision, die seinem Leben einen höheren Sinn, einen neuen Inhalt geben sollte. Die Geburt dieser Idee raubte Herrn Holle seine letzten Kräfte, so dass er augenblicklich vor Erschöpfung in einen tiefen Schlaf fiel. Ein Schlaf, in dessen Träumen er seine Vision, seine Idee weiterentwickelte und Pläne zu deren Ausführung schmiedete, so dass er, als er nach 48 Stunden tiefen Schlafes mit einer vollständigen Planung für seine nächsten Schritte erwachte. Gekräftigt durch seinen neuen Lebensinhalt entsann er sich der Schokoladenriegel, die er noch in der Schublade seines Nachttischchens liegen hatte. Die gaben ihm Kraft, sich wieder zu erheben und ein neues Leben zu beginnen.

Kapitel 3

Es dauerte zwei Wochen, bis Herr Holle sich von seiner Lebenskur erholt hatte. Er führte sich schrittweise wieder ans Leben heran. Am ersten Tag verließ er nur für eine halbe Stunde seine Wohnung, um kurz im Laden um die Ecke das Notwendigste in Form von Cola und Fertigpizzen einzukaufen. Er steigerte die Dauer seiner Außerhauszeiten allmählich und begann in der zweiten Woche bereits wieder, damit sich selbst nahrhafte und gesunde Mahlzeiten zuzubereiten. Als er sich dann nach zwei Wochen wieder bei Kräften fühlte, begann er seinen erträumten Plan in die Tat umzusetzen.

Zunächst kaufte er sich im Zeitschriftenladen am Bahnhof die aktuelle Ausgabe des Sammler Journals, um die Termine und Adressen der nahegelegenen Floh- und Trödelmärkte zu eruieren. Auf Basis dieser Daten erstellte Herr Holle einen ausführlichen Zeit- und Routenplan, um in kürzester Zeit all diesen Märkten einen Besuch abstatten zu können. Neben seltenen Ausgaben von Micky-Mouse-, Asterix- und Lucky Luke-Heften erstand Herr Holle sämtliche Tauchsieder die angeboten wurden. Bei der Auflösung eines gastronomischen Betriebes erwarb er neben zwei großen, kaum benutzten Knochensägen eine Knochenmühle für den Handbetrieb mit einer großen Kurbel. So hatte Herr Holle binnen zwei Wochen ein beachtliches Comicarchiv und einen Bestand von nicht weniger als 20 Tauchsiedern aufgebaut.

Dann folgte der der nächste Schritt. Herr Holle probierte aus, wie viele Tauchsieder man benötigte, um eine Badewanne voll Wasser zum Kochen zu bringen. Er versuchte es zunächst mit drei Tauchsiedern, als nach einer halben Stunde das Wasser zwar langsam heißer wurde, es vom Siedepunkt aber noch weit entfernt war, steckte er einen vierten Tauchsieder an die Mehrfachsteckdose an, schaltete ihn ein, und die Sicherung flog heraus. Offenbar war die Leistung, die die Tauchsieder benötigten zu groß für die Sicherung im Badezimmer. Nach diesem ersten verunglückten Versuch recherchierte Herr Holle im Internet und fand heraus, dass man von jeder Steckdose, die im Sicherungskasten mit 10A abgesichert war, ca. 2300 Watt Leistung entnehmen konnte. Da in seiner Wohnung, wie in jeder gewöhnlichen Wohnung, je Raum eine 10A Sicherung im Sicherungskasten installiert war, musste Herr Holle mit Verlängerungskabeln die Steckdosen anderer Räume anzapfen. Für seine 20 Tauchsieder errechnete er eine Gesamtnennleistung von ca. 14.000 Watt. Das bedeutete, dass er Strom aus 6 verschiedenen Räumen ziehen musste. Da gab es das Badezimmer, die Küche, das Schlafzimmer, das Esszimmer, das Büro sowie das Wohnzimmer. Da in der Wohnung wie auch im Keller lediglich zwei Kabeltrommeln aufzufinden waren, fuhr er zu zwei nahegelegenen Baumärkten, um sich jeweils zwei weitere Kabeltrommeln zu besorgen. Er wollte auf keinen Fall dadurch auffallen mit vier Kabeltrommeln im Einkaufswagen an die Kasse zu fahren und der Kassiererin womöglich im Gedächtnis zu bleiben. Um keine Spuren zu hinterlassen, bezahlte Herr Holle selbstverständlich in bar.

Zuhause zurückgekehrt musste er sofort ausprobieren, ob es tatsächlich klappen würde. Zunächst schloss er in jedem der Zimmer seiner Wohnung eine Kabeltrommel in einer Steckdose ein und zog jede Kabeltrommel bis ins Badezimmer. Nun standen genug Steckdosen mit ausreichend Leistung zur Verfügung, um die 20 Tauchsieder mit Energie zu versorgen. Und die Mühe hatte sich gelohnt in nicht mehr als 15 Minuten brachten die 20 Tauchsieder das Wasser in der Badewanne zum kochen. Herr Holle hatte Glück, dass er sich seit mehr als 20 Jahren gewehrt hatte, das Bad sanieren zu lassen. Womöglich hätte er sonst nun eine dieser neumodischen Kunststoffbadewannen im Badezimmer gehabt und dieses Experiment wäre nach hinten losgegangen und seine Badewanne hätte zu schmelzen begonnen. Die Badewanne in Herrn Holles Badezimmer hingegen war eine altgediente Keramikwanne, die auch die Hitze des kochenden Wassers nicht so stark an den Badewannen-rand leitete wie es eine metallene Badewanne getan hätte.

Nachdem also nachgewiesen war, dass man mittels Tauchsieder das Wasser einer gefüllten Badewanne zum Kochen bringen konnte, wurde Herr Holle richtiggehend fröhlich und ausgelassen. Am nächsten Morgen war Markttag, er kaufte am Biogemüsestand 1 Kiste Karotten, eine halbe Kiste Stangensellerie, eine Kiste Lauch, eine halbe Kiste Petersilienwurzel, einen kleinen Sack Zwiebeln, ein dutzend Zucchini sowie einen Korb Knoblauchknollen. Dies lies er sich zusammen mit mehreren Bünden Petersilie und Lorbeer und einem Säckchen Wacholderbeeren nach Hause liefern. Auf dem Rückweg schaute er noch beim Fleischer vorbei um ein Rinderfilet und eine Schweinehälfte von ca.90 kg zu bestellen. Der Fleischer sagte ihm eine Lieferung inner-halb von zwei Tagen zu und freute sich, dass Herr Holle mal wieder für eine große Gesellschaft zu kochen gedachte. Er hatte seinen geschätzten Kunden ja schon lange nicht mehr gesehen und schon begonnen ihn zu vermissen. Auch Herrn Holles Nachbarn wunderten sich nicht, als zunächst der Gemüsehändler einen halben Marktstand hinauf in den zweiten Stock in seine Wohnung schleppten. Und auch, als tags darauf des Fleischers Lehrlinge ein halbes Schwein nur notdürftig mit etwas Folie bedeckt hinauf stöhnten, waren die Nachbarn vielmehr beruhigt, dass Herr Holle offenbar wieder wohlauf war und nun das Versäumte nachzuholen schien. Seinen Hausnachbarn war keineswegs entgangen, dass Herr Holle nach dem Tod seiner Frau in ein emotionales Loch gefallen war und sich offenbar für Wochen in seiner Wohnung verschanzt hatte. Während Herr Holle die Massen an Gemüse noch gut in seinen Vorratsschränken verstauen konnte, bereitete ihm die Schweinehälfte etwas Sorgen. Am besten Platz hätte sie in einer der Gefriertruhen im Keller gefunden, aber da Herr Holle die Schweinehälfte oben benötigte und sie keinesfalls alleine nach oben wuchten konnte, musste er sich etwas anderes einfallen lassen. Aber die Lösung war eigentlich sehr einfach und naheliegend. Er leerte den Gefrierschrank, viel war dort ohnehin nicht mehr, zog alle Schubfächer heraus und verstaute sie in der Abseite. Mit vereinten Kräften schob er dann zusammen mit den beiden Fleischerazubis das halbe Schwein aufrecht in den Gefrierschrank. Kopf und Gliedmaßen mussten sie wie bei einem Gummitier zurechtbiegen, dass sie die Türe schließen konnten. Nur leider blieb die Türe nicht geschlossen, beinahe wäre das halbe Schwein wieder aus dem Schrank gekippt. Geistesgegenwärtig hatte sich der kleine dicke, vor Anstrengung keuchende Fleischerstift gegen die sich öffnende Türe gestemmt. Herr Holle eilte nach unten auf die Straße zu seinem Auto und holte aus dem Kofferraum zwei Spanngurte. Mit diesen beiden Gurten umspannte er den Gefrierschrank, so dass die Türe gegen ein weiteres ungewolltes Öffnen gesichert war. Dann bedankte er sich bei den jungen Leuten für deren Unterstützung und verabschiedete sie, nicht ohne beide mit einem ordentlichen Trinkgeld zu bedenken.

Am nächsten Tag sollte die Generalprobe stattfinden. Dafür waren aber noch Vorbereitungen nötig. Zunächst putze er einen Teil des Gemüses und schnitt es in grobe Stücke bis er eine Wäschewanne voll gewürfelten Suppengemüses hatte. Diese stellte er zum kühlen auf den Balkon. Dann holte er seine Bohrmaschine und bohrte zwei Löcher in die Decke des Badezimmers und eines in die freie Wand neben der Badewanne. In die Löcher steckte er kräftige Dübel und schraubte dann stabile Haken ein. Mit alten Bergsteigerseilen und Karabinern installierte er dann eine Hebevorrichtung mit Flaschenzug. Zufrieden trat Herr Holle zurück und betrachtete sein Werk. Um für den nächsten Tag ausgeruht zu sein, legte sich er sich an diesem Tag früh schlafen.

Nach einem ausgiebigen Frühstück machte Herr Holle sich ans Werk. Er holte eine Plane, legte diese vor den Gefrierschrank mit der Schweinehälfte darin. Nun löste er die Gurte und stemmte sich gegen die sich öffnenden Türe und gab vorsichtig Stück um Stück nach, um die Schweinhälfte langsam auf die Plane gleiten zu lassen. Zu seiner Überraschung klappte das ohne Probleme. Dann zog er das halbe Schwein mit der Plane ins Badezimmer und befestigte das Schwein an seiner tags zuvor konstruierten Hebevorrichtung. Dann hievte er es in die Badewanne, nicht ohne vorher den Stöpsel in den Abfluss gesteckt zu haben. Nun ließ er Wasser in die Wanne einlaufen. Als die Wanne gut gefüllt war und zwei Drittel des Schweins (nun ja, eigentlich nur ein Drittel, denn es war ja nur ein halbes Schwein) mit Wasser bedeckt waren, drehte er den Wasserhahn ab und holte die

Kabeltrommeln und Tauchsieder hervor, die nach seinem letzen Versuch in der Abstellkammer verstaut hatte. und installierte diese wie bereits zwei Tage zuvor. Kreuz und quer, aber nicht ohne eine gewisse Ordnung zogen sich die Kabel durch seine gesamte Wohnung. Rund um das Schwein herum hängte er dann die Tauchsieder in die Badewanne und schaltete diese voller Spannung an. Es passierte nichts. Natürlich passierte nichts, wieso auch. Es brannten keine Sicherungen durch und Tauchsieder machen für gewöhnlich keine Geräusche, wenn sie in Betrieb sind. Schade, Herr Holle hatte sich eigentlich darauf gefreut etwas beobachten zu können. Allerdings gab es ja noch etwas zu tun. Er ging auf den Balkon, um das Gemüse zu holen und ins Badezimmer zu bringen. Mit beiden Händen griff er in die Wäschewanne und holte das Gemüse heraus um es in die Badewanne über und um das Schwein herum zu streuen. Den letzten Rest kippte er direkt aus der Plastikwanne über das Schwein. Nun fehlten nur noch die Gewürze. Er kam mit einer Schüssel voller Lorbeerblätter und Wacholderbeeren aus der Küche zurück. Auch sie fanden den direkten Weg in die Badewanne. Stolz und zufrieden betrachtete Herr Holle sein Werk eine Weile lang. Solange, bis ihn etwas Langeweile überkam und er ins Wohnzimmer schritt um etwas zu lesen. Nach ungefähr dreißig Minuten drang ihm ein Brandgeruch in die Nase. Verdammt da brennt etwas an fluchte Herr Holle und rannte ins Badezimmer. Dort entdeckte er das Malheur. Einige der Tauchsieder waren zu nah an das Schweingeraten und brannten sich mit ihren Heizspulen in die Haut und sogar bis ins Fleisch. Unter Wasser war das nicht so folgenschwer aber an der Luft, im Trockenen führte das natürlich zu erheblichen Verbrennungen und damit einhergehend zu üblen Gestank. „Da muss ich beim nächsten Mal daran denken, eine Barriere zwischen Fleisch und Tauchsiedern zu haben", dachte Holle, „damit es nicht wieder zu so unangenehmen Gerüchen kommt. Das riechen ja sogar meine Nachbarn." Nachdem er dann die beiden Übeltäter aus der Wanne gezogen hatte und in die Küche bebracht hatte widmete er sich wieder seinem Buch. Bald erfüllte ein feiner Boulliongeruch die Wohnung und vertrieb allmählich den Brandgeruch. Nach weiteren zwei Stunden Lesens und gelegentlichen Kontrollgängen ins Badezimmer merkte Herr Holle, dass er Hunger hatte, ging in die Küche und briet sich ein Filetsteak. Dazu machte er sich einen grünen Salat mit einem Walnuss-Sahne-Dressing. Nach dem Essen machte er es sich wiederum mit seinem Buch gemütlich. Beim nächsten Gang ins Badezimmer stellte er erfreut fest, dass das Schwein mittlerweile wohl durchgegart war. Zumindest fühlte sich das Fleisch durchgegart an als er mit dem langen Schinkenmesser an den dicken Stellen ins Muskelgewebe stach. Herr Holle sah auf die Uhr. Das hatte also fast viereinhalb Stunden gedauert. Nun musste der Inhalt der Badewanne erst einmal abkühlen, bis er weiter damit verfahren konnte. Um die Wartezeit zu überbrücken zog er seinen grauen Mantel über und machte sich auf den Weg in den nahegelegenen Park um sich bei einem ausgedehnten Spaziergang wieder einmal frischen Wind um die Nase wehen zu lassen und seinen Gedanken nachzuhängen.

In seine Wohnung zurückgekehrt schöpfte Herr Holle zunächst das zerkochte Gemüse und die Kräuter aus der Badewanne und trug es in einer Plastikwanne in die Küche und schüttete das Gemüse nach und nach in die Spüle wobei er seinen Abfallzerkleinerer anschaltete, der unter dem Spülbecken eingebaut war und nun den Abfall fein zerkleinerte und zusammen mit dem Wasser den Abfluss hinabschickte.

Herr Holle war stolz auf seinen leistungsstarken Abfall-zerkleinerer. Alle Küchenabfälle konnte man damit problemlos und ohne großes Gesiffe entsorgen. Gut, sagte er sich, dass ich mich durchgesetzt hatte. Seine Frau war damals gegen den Einbau eines solchen Gerätes gewesen. Ob es nur ihre Antipathie gegen alles aus den USA gewesen war, oder ihr allgemeiner Konservatismus, den sie immer mit dem markanten Spruch „… weil es sich bewährt hat" zur Schau zu tragen pflegte, konnte Herr Holle schon damals nicht beurteilen. Letztendlich hatte er sie doch überzeugen oder vielmehr überreden können, denn bei solchen Diskussionen war sie Fakten und vernünftigen Argumenten immer eher ablehnend gegenübergetreten. Aber der heutige Großeinsatz für seinen Abfallzerkleinerer hätte gewiss auch sie überzeugt, dessen war sich Herr Holle sicher.

Als das ganze Gemüse den Abfluss hinabgespült worden war, ging Herr Holle zurück ins Bad, um das Wasser abzulassen. Verträumt blickte er in die Wanne und sah dem Wasser beim abfliesen zu. Er folgte dem sich bildenden Strudel und musste daran denken, dass die wirkliche Arbeit ihm noch bevor stand. Bis jetzt hatte alles hervorragend geklappt. Alles war genauso, wie er es sich vorgestellt hatte, das Vorgehen war perfekt. Als das Wasser vollständig abgelaufen war ging Herr Holle zur Abstellkammer um eine der neuen Knochensägen zu holen und aus der Küche nahm er noch zwei große Schinkenmesser mit. Nun ging er daran das halbe Schwein in der Badewanne zu zerlegen, was sich als eine ziemlich mühsame Angelegenheit herausstellte, da die Badewanne doch sehr beengend war und man nicht genügend Platz fand, um mit der Knochensäge zu hantieren. Deshalb beschloss er, das Schwein doch erst wieder mit seiner Hebevorrichtung aus der Wanne zu heben, um auf den Fliesenboden im geräumigen Badezimmer die Zerlegearbeiten fortzusetzen. Zunächst trennte er die Gliedmaßen, sowie den Schädel vom Rumpf. Dann entbeinte er die einzelnen Fleischteile. Die so gewonnenen knochenfreien Stücke Schweinefleisches würfelte er grob und warf sie zurück in die Wanne. Nach 2 Stunden schwerer Arbeit hatte er dann endlich eine Wanne voller gekochtem Schweinefleisch und das Skelett eines halben Schweins. Dann machte er sich daran, die vom Fleisch befreiten Knochen mit der Knochensäge in handliche Stücke zu zersägen und in eine große Wäschewanne zu schichten. Lediglich den halben Hüftknochen und den halben Schädel versuchte er erst gar nicht zu zersägen, die musste er auf andere Weise zerkleinern, das sah er schon. Doch erst einmal wollte er die Knochenmühle ausprobieren. Die Knochenmühle sah eigentlich so aus wie eine Petersilienmühle nur eben viel größer und robuster und einer Kurbel an die man mit zwei Händen fassen konnte. Diese überdimensionierte Petersilienmühle montierte er an der großen Arbeitsplatte in der Küche und stellte eine leere Wanne darunter. Dann holte er die Wäschewanne mit den Knochenstücken aus dem Badezimmer und begann mit der Knochenmahlerei. Zwischendurch holte er immer wieder eine Schüssel mit gewürfeltem Schweinefleisch aus dem Badezimmer, um es durch den Abfallzerkleinerer zu jagen. Es war schon spät am Abend als Herr Holle fertig war, all das Fleisch aus der Badewanne im Abfluss gelandet war, alle Knochen gemahlen und auch das gewonnene Knochenmehl weggespült worden war. Selbst den Schweineschädel und die dicken Hüftknochen hatte er noch gut zerkleinern können. Eingewickelt in große Handtücher hatte er die Knochen auf seinem Fleischhackklotz mit einem Vorschlaghammer zertrümmert und in der Knochenmühle zermalmt. Herr Holle war stolz. Stolz auf seinen Plan und dass er wirklich aufzugehen schien. Er hatte es geschafft, das Schwein komplett verschwinden zu lassen. Zugegebener Maßen mit erheblichem Aufwand, doch ohne groß Aufmerksamkeit zu erregen.

Kapitel 4

Holle erwachte schweißgebadet. Ruckartig war sein Oberkörper nach vorne gezuckt, wobei er sich seinen Kopf zum wiederholten Male verletzte, da er auch beim geplanten morgendlichen Aufrichten des öfteren vergaß, dass der eiserne Spiraleisenrost eine Etage über ihm just an der Stelle, an welcher die Matratze dem fetten Hintern Ralphs Nacht um Nacht eine mehr minder bequeme Auflagefläche feilbot, also dass gerade dort die von Rost heimgesuchten Eisenspiralen nur einige wenige Zentimeter durchhingen, genug jedoch dass Olaf mit seinem schütteren Haupt daran entlangratschte. Fluchend und mit schmerzverzerrtem Gesicht schmetterte er leise zischend seine Verwünschungen in Richtung des dicken Hinterns und des schwäbischen Gefängnisinterieurs. Mag übertrieben klingen, ist aber auch Scheiße derart unsanft zu erwachen.

Mit tapsigem Schritt bewegte sich Holle in Richtung des Zellenspiegels, blickte in sein verschlafenes Gesicht, nicht ohne sich nochmals für sein gerade erlittenes Missgeschick selbst zu bedauern. Auch schien es ihm, als sei eine seiner letzten Locken einer einst prächtigen Haartracht dabei flöten gegangen. In den letzten Jahren waren sie nach und nach rarer geworden, so dass sogenannte „Freunde" aus Olafs näherem Bekanntenkreis, welchen der Schalk nicht nur im Nacken saß, ihm rieten eine persönliche Beziehung zu seinem Haupthaar herzustellen und jeder einzelnen Locke einen Namen zu geben. Dem jüngsten ärgerlichen Unfall schien Jan-Philip zum Opfer gefallen zu sein.

Holle klappte den Toilettensitz hoch, um erst mal genüsslich zu pissen. Ja, er pisste, pinkelte oder urinierte nicht etwa, diese Umschreibungen wären zwar höfischerer Natur, jedoch minder zutreffend. Der Morgenurin unterscheidet sich nämlich nicht nur farblich oder geschmacklich (Vorsicht bei Experimenten: immer nur aus dem Mittelstrahl bedienen!) vom Urin anderer Tageszeiten. Nein, auch die Austrittsgeschwindigkeit ist in der Regel relativ hoch. Nun, Holle pisste also vor sich hin, in der für ihn typischen Haltung. Zu Beginn hat die rechte Hand, an das Genital geführt, noch regulierende Wirkung, sie gibt die Richtung der wässrigen Niederkunft vor. Einmal in die richtige Position gebracht arbeitet der Wurmfortsatz weitgehend selbstständig, so dass die Rechte zu anderen Arbeiten rekrutiert werden kann. Bei ihm nimmt diese in aller Regelmäßigkeit die Funktion des „an-der-Wand-Abstützens" ein, während die Linke dazu dient, dem vom Dauergähnen mit Luft gefüllten Wams mit kreisenden, kratzenden Bewegungen zu schmeicheln. Während dieses allmorgendliche Ritual ablief erinnerte sich Holle auf einmal wieder, warum er überhaupt so schrecklich unsanft erwacht war. Er hatte es schon wieder geträumt...

Jedes kleine Detail seiner gewiss raffinierten aber nicht unbeträchtlicher grausamen und humorlosen Tat war ihm im Traum begegnet. Er war wohl in seinem Drang sich selbst zu beweisen, ein perfektes Verbrechen planen und begehen zu können, einen, vielleicht auch zwei Schritte zu weit gegangen. Warum hatte es auch so eine dermaßen speckige, korpulente Frau sein müssen?

Gegen 7 Uhr öffnete der Justizvollzugsbeamte Böhnisch, verantwortlich für die Frühschicht in Trakt 4, der von den Gefängnisinsassen liebevoll Schließer Horst genannt wurde, die Zellentür. Wie jeden Tag stellte er das Tablett auf den kleinen Tisch unter dem vergitterten Fenster, zwei Tassen nur mehr lauwarmen Kaffees, zwei Portiönchen Butter und Erdbeermarmelade, zwei Scheiben Wurst und Käse sowie vier Scheiben des üblicherweise leicht trockenen Bauernbrotes, welches sich nicht gerade großer Beliebtheit erfreute.

„Moin Holle!" grüßte Horst Herrn Holle, welcher, sich noch immer den Kopf reibend, auf seinem Bett saß. „Wie jeden Morgen: einmal Guantanamo gemahlene Bohne für den Herrn." Und wie jeden Morgen grinste sich der Schließer eins auf seinen Scherz, der durch die tägliche Wiederholung auch nicht besser wurde. An seinem ersten Morgen im Knast hatte Holle Horst nämlich gefragt, ob er statt dieser „Knastplörre" ab sofort bitte jeden Morgen eine Tasse frischgemahlenen Kaffee der Sorte „Guatemala ganze Bohne frisch gemahlen" bekommen könne, welchen er schon seit einigen Jahren täglich trank und ihm so wunderbar schmeckte. An diesem Morgen bekam sich Horst gar nicht mehr ein vor Lachen und servierte Holle seit jenem Tag sein Heißgetränk verbunden mit diesem Satz. Und wie jeden Morgen wurde er dafür mit einem „Schnauze, Horst" abgestraft. Ein derart rauer Ton war eigentlich nicht Holles Stil, aber dieser Spruch nervte ihn nun einmal sehr. Denn wenn etwas nicht so klappte wie er wollte, konnte er schon mal ruppig werden. Selbst nie um einen Spruch verlegen wenn es darum ging eine Schwäche oder ein Missgeschick anderer aufzudecken konnte er Stunden damit zubringen, sich Retourkutschen oder Spitzen für alle möglichen Situationen auszudenken, welche er dann in passenden Momenten spontan ersonnen scheinen ließ. Das war sein absolutes Hobby. Auf Platz eins der Liste dieser

Kreationen stand: „Ich war immer der Meinung es gibt niemanden der gar nichts kann. Sie haben mir soeben das Gegenteil bewiesen", dicht gefolgt von einem Ausspruch, welcher bei einer ehemaligen Kollegin Verwendung fand. Jene musste sich ein „Nanu, wer hat sich denn da erbarmt?" gefallen lassen, als sie, offensichtlich im fortgeschrittenen Stadium schwanger, vor ihm stand.

Nun musste er sich also mit dem fälschlicherweise als Heißgetränk durchgehenden Kaffee begnügen. Wie immer genoss er ihn mit einem Schuss Kondensmilch und hielt die Tasse, mit beiden Händen umfasst, vorsichtig pustend auf Höhe seiner schmalen Lippen. In kleinen, leicht schlürfenden Schlucken, die Stirn in Falten gelegt und immer wieder über den Tassenrand leckend saß er nun schweigsam da.

Hatte sein erster Versuch mit dem Schwein nicht schon zur Genüge bewiesen, dass seine Idee des perfekten Mordes mit dem Grundgedanken „wo keine Leiche, da kein Mord" aufgehen würde? Musste denn unbedingt die feiste Marie Grimm dazu dienen, auch noch die letzten Zweifel auszuräumen?

Kapitel 5

Nach dem gelungenen Experiment mit dem Nutztier hatte Holles fast schon euphorische Zufriedenheit nur einige wenige Tage angehalten. Auch wenn er sich ziemlich sicher war, das Prozedere des Verschwindenlassens eines ganzen menschlichen Körpers würde ihm ebenso gelingen, brachte ihn der letzte Rest des Zweifels fast zur Verzweiflung. Nein, mordlustig war er nicht geworden, die Vorstellung einen Menschen zu töten war ihm zuwider. Dennoch war der Drang danach auf Theorie auch Praxis folgen zu lassen in Folge der Tage derart dringlich geworden, dass der Gedanke an das Unterlassen der Umsetzung seiner Pläne in ihm ein Gefühl der Unzufriedenheit erzeugte. Kurz kam in ihm der Gedanke auf, er könne ja auch eine Leiche aus einem Krankenhaus oder einem Leichenhaus entwenden. Dies verwarf er jedoch sehr schnell als eine unbefriedigende Option. Der Gedanke an einen erkalteten, gräulichen menschlichen Leib mit erstarrten Gliedern erzeugte in ihm einen Würgreiz. Schließlich war er ja Mann von Geschmack. Dies mag für den Leser paradox klingen, dass jemand zwar dazu fähig war einen Mord zu planen, umzusetzen und die Leiche auf so grausame Weise zu bearbeiten, der Gedanke an ein bereits verstorbenes Geschöpf in ihm derartiges Unbehagen erzeugte. Aber ist es nicht auch so, dass man lieber seinen eigenen Säugling wickelt als einen fremden? Also fasste er den Entschluss, sich den Körper für die Fortsetzung des Experiments selbst zu schlagen. Wichtig war jedoch, dass er sich eine Person aussuchte, die weder ihn noch er sie persönlich kannte. Zudem durfte das Zielobjekt (er abstrahierte von nun an den Menschen dem er das Leben nehmen würde, um die

Emotionalität aus dem Spiel zu nehmen) nicht allzu schnell vermisst werden. Auch sollten so wenige Menschen wie möglich, am besten noch kein einziger, ihn zusammen mit dem Zielobjekt beobachten können.

Holle zog sich seine handgenähten klotzigen Wanderschuhe aus hellbraunen südafrikanischen Antilopenleder an und verließ das Haus. Schnurstracks lief er mit zackigem aber nicht hastigem Schritt in den nicht allzu fernen Stadtpark. Hier hielt er sich nicht besonders gerne auf, lieber ging er auf einen ausgedehnten Spaziergang, der auch gerne einmal zwei Stunden dauern durfte, zum etwas weiter entfernten Klärwerk jenseits der Stadtgrenze. Hier waren die Wege nicht so stark frequentiert wie im Park, hier hatte er seine Ruhe vor dem Stadt-Pack, welches ihm ob seiner Hektik größtenteils verhasst war. Das Gelände rund um das Klärwerk herum war nach dessen Bau in so umfangreichen Maß aufgeforstet worden, dass hier ein kleines Paradies entstanden war. Auch nach Ausscheidungen stank es hier nicht, und das vermuteten die wenigsten, so dass die Pfade hier recht einsam blieben.

Als Holle so durch den Stadtpark lief machte er sich Gedanken, wie das perfekte Opfer für das perfekte Verbrechen aussehen müsse. Einen Mann wollte er nicht aussuchen, denn erstens liebte er es klassisch und zweitens fürchtete er dass es zu einer gewaltsamen Auseinandersetzung kommen könnte bei der man ja schnell mal den Kürzeren zieht. Er kam zu dem Entschluss, dass sein Opfer am besten weiblich, ledig und in erotischer Hinsicht unauffällig sein solle. Ein einsam geführtes Leben wäre dem Plan ebenso gedeihlich, da die Vertuschung der Tat umso erfolgreicher sein würde, je mehr Zeit zwischen Ausführung des Mordes und

Entdeckung des sprichwörtlichen Verschwindens verginge.

Langsam nahm der Frühling dem Winter das Heft aus der Hand. An der Böschung, die entlang des Parkrandes jenen einfriedete, rannen Rinnsale von Schmelzwasser herab, welche an den letzten Schneeflecken leckten, im Namen des Frühlings und seines blauen Bandes. Ein Eichhörnchen, schon eher ein Eichhorn, denn es hatte selbst nach der Winterruhe eine beträchtliche Größe, kreuzte keck den Weg Holles. Der geschickte Kletterer verschwand aber alsbald in der kahlen Krone einer mächtigen Eiche am Wegesrand. Hier hatten sich schon einige Krokanten, Verzeihung: Krokusse, den Weg durch die dünne Schneedecke gebahnt und ihre bunten Köpfe strahlten in den schillerndsten Couleurs. Erfüllt von dieser frühlingshaften Atmosphäre sann Olaf weiter über seinen teuflischen Plan. Nein, die Umgebung des Parks war nicht die richtige Quelle für das Finden eines geeigneten Opfers. Vielmehr war er sich nun sicher das Gelände am Klärwerk sei der richtige Ort um die Pläne, die ihre gesamte Pracht nun in seinen Gehirnwindungen zu entfalten schienen, in die Tat umzusetzen. Ja, er hörte die Synapsen nun regelrecht knistern und knacken, surren und sausen.

In seine Behausung zurückgekehrt briet er sich zur Feier des Tages ein saftiges Rindersteak mit frisch zubereitetem Kartoffelbrei. Er genoss Kartoffelbrei nur noch frisch zubereitet, gegen bereits gereiften Brei hatte er eine gesunde Aversion. Ein wenig Abrieb der Gewürznuss Muskat rundete den Geschmack der Stampfkartoffeln noch ab. Seit geraumer Zeit rieb er die Nuss nicht mehr wie viele lange Jahre zuvor mit einer herkömmlichen Raffel in seine Speisen. Ein fliegender Händler hatte ihn in bester Ottfried Fischer Manier davon überzeugt dass der entsprechende Druck auf die Nuss, verbunden mit dem richtigen Mahlwerk erst den wahren unvergleichlichen Geschmack der Muskat entfalten lassen könne. Zwei Kriterien welche die von ihm feilgebotene Mühle, die er auch just aus seinem Koffer beförderte, in Perfektion vereinte. Auch musste es Rindfleisch sein, denn auf Schweinefleisch hatte er nach seinem Kochmarathon im Badezimmer verständlicherweise keinen Appetit mehr. Nach dem festlichen Mahl schenkte er sich ein eiskaltes Weißbier, in diesen Breitengraden unrühmlicherweise Weizen genannt. Holle setze sich in seinen bequemen Ledersessel, schaltete den Fernseher ein und verfolgte den Bericht über die tagesaktuelle Entwicklung des DAX. Ein Plus von 3,5%, zudem ein rapider Anstieg des Kurses für Schweinehälften. Er lachte sich verstohlen ins Fäustchen: „Prima Holle, Du bist schon ein Fuchs, Bulle und Bär können Dir nichts anhaben."

Danach noch ein Western, eine Parodie mit Terence Hill und Bud „The Fist" Spencer, den er sich schon am Vormittag mit einem dicken Marker im Fernsehprogramm der Süddeutschen Zeitung angestrichen hatte - eine Gewohnheit aus früheren Tagen. Nach Ende des Films, es war nun schon kurz nach Mitternacht, löschte Olaf das Licht, putzte sich die Zähne und kroch unter seine eiskalte Bettdecke.

Doch er konnte nicht so recht Ruhe finden in seinem gemütlichen Nachtlager. Stets ging ihm durch den Kopf dass sein Plan nun reife musste, er war nervös, fast schon blutdurstig, was den weiteren Verlauf seines Vorhabens anging. Gegen drei Uhr entrann er dennoch in das süße Reich der Träume und schlief den Schlaf der Gerechten.

Am nächsten Morgen nach dem Frühstück widmete sich Holle noch einer verhassten Aufgabe, dem Aufbau eines Regals mit dem Namen Billy, welches er schon vor Wochen in einem skandinavischen Einrichtungsgeschäft käuflich erworben hatte. Nach ausgiebiger Sichtung der beiliegenden Aufbaubeschreibung, mehrmaligem Durchzählen der benötigten Schrauben, Haken und Ösen machte er sich frisch und munter ans Werk. Knapp vier Stunden später war er jedoch eher unfrisch und unmunter, zudem völlig entnervt und voller Verwünschungen gen Norden, aber das Schränkchen war aufgebaut. Nach dem Genuss einiger frischer Bratwürste fränkischer Art im Naturdarm stieg Olaf in sein schweres Schuhwerk und machte sich auf den Weg in Richtung des Naherholungsgebietes Klärwerk. Ihm war in der schlafarmen Nacht noch ein mögliches Opfer in den Sinn gekommen, eine sehr dicke Frau, die bei seinen Rundgängen um das Abwasserwerk schon häufig an ihm vorbeigestampft war. Nun war eines angesagt: Observierung!

Wie er sich zu erinnern glaubte war die korpulente Frau ihm jedes Mal zwischen 16 und 17 Uhr aus Richtung der Pforte des Klärwerks begegnet, was die Vermutung nahe legte, dass diese dort in Beschäftigung stand. Er war deshalb etwas zu zeitig dran, als er die erste Baumreihe erreicht hatte war es kurz vor halb drei.

Er setzte sich auf die Parkbank unter den zwei prächtigen Linden, die beiden höchsten Bäume, die dort schon seit vielen Jahrzehnten stehen mussten. Ein kleines schon leicht bemoostes Metallschild prangte mittig auf der obersten Querstrebe, beschrieben mit dem Namen des großzügigen Gönners, eines gewissen Pomas Thavel, einstigem Mitglied im Vorstand des örtlichen

Kirchenbauvereins, eine Größe in diesem harten Geschäft. Er saß dort so vor sich hin, genoss die immer wärmenderen Sonnenstrahlen, welche sich ihren Weg durch das Wolkengeflecht am Himmel suchten. Hier ein Wurm, dort eine frühe Schwalbe, so war das Leben lebenswert. So vertrieb Olaf sich die Zeit, bis endlich die Frau auftauchte, auf die er so lange gewartet hatte. Er erhob sich von der Parkbank und schlenderte betont lässig in die Richtung, aus welcher das dickliche Weib heransteuerte. Wie beiläufig nahm Holle jetzt Kurs auf die Frau, die Augen kontinuierlich auf den Boden gerichtet. Kurz bevor sie auf gleicher Höhe waren, ging er auf Konfrontationskurs, die arme Frau versuchte noch auszuweichen, doch es war bereits zu spät – Holle und der Fleischberg waren ineinander gelaufen. Olaf schüttelte sich kurz, blickte auf und sprach in Richtung der völlig verdutzten Dame: „Oh, verzeihen Sie bitte, wie ungeschickt von mir! Ich hoffe sie haben sich nicht verletzt, ich bin untröstlich." Mit überraschend sinnlicher Stimme antwortete die Frau, dass sie nicht zu Schaden gekommen sei. Sie hatte strahlende tiefgrüne Augen, ihr schulterlanges braunes Haar war zu einem Pferdeschwanz zusammengebunden, ihre unvorteilhafter Weise engen schwarzen Jeans hatte sie in ihre dunkelbraunen halbhohen Stiefel gesteckt.

Olaf stellte sich ihr als Jonas Bolte vor, woraufhin sie ihm entgegnete ihr Name sei Marie Grimm. Holle entschuldigte sich nochmals bei Frau Grimm, wünschte ihr noch einen schönen Tag und zog raschen Schrittes von dannen. Dies war also geschafft, die erste Kontaktaufnahme war ihm wie geplant geglückt. Nicht zu lang und nicht zu kurz, durch den „Zwischenfall" so einprägend, dass bei ihrer nächsten Begegnung fugenlos daran angeknüpft werden konnte.

So kam es dann auch, dass Olaf alias Jonas am nächsten Tag wieder auf den Pfaden des Klärwerks unterwegs war. Es hatte ein leichtes Nieseln eingesetzt, Holle hatte sein Gesicht hinter dem hochgeschlagenen Mantelkragen verborgen. Als er Marie Grimm um die Ecke biegen sah, nahm er sein Gesicht aus der Deckung hervor, legte ein sanftes Lächeln auf und begrüßte die Frau, die nun vor ihm stehen geblieben war, nicht ohne sich nochmals für sein tollpatschiges Verhalten zu entschuldigen. Frau Grimm lächelte, beteuerte, dass das Malheur nicht so tragisch gewesen sei und versicherte ihm erneut, keine Schmerzen oder Folgeschäden erlitten zu haben. Es entfachte sich eine rege Unterhaltung, Marie erzählte ihm dass sie in der Personalabteilung des Klärwerks als Sachbearbeiterin tätig sei, ein eher langweiliger aber doch krisensicherer Job. Holle erzählte ihr, er sei Börsenmakler gewesen und habe sich seit einiger Zeit zur Ruhe gesetzt. So plauderten sie noch eine Weile miteinander, bis sich nach etwa einer halben Stunde ihre Wege wieder trennten.

Zufrieden mit dem Ausgang ihrer zweiten Begegnung machte sich Holle daran, ihr die folgenden drei Tage am späten Nachmittag wiederholt zu begegnen, er wollte eine Vertrauensbasis schaffen. Ihre Gespräche wurden immer länger, Holle fand Frau Grimm immer sympathischer, jedoch gleichzeitig auch immer unattraktiver und auch schien es ihm, als habe Marie Grimm Gefallen an ihm gefunden, was es ihm einerseits vor Ekel kalt den Rücken hinunter laufen ließ, ihm für den erfolgreichen Verlauf seines Planes jedoch gleichzeitig Hoffnung machte.

So kam es dann, dass sich die beiden am Freitag dieser Woche erneut begegneten, es gab ein großes Hallo und es wurde viel gelacht. Nun war es an Holle den nächsten Schritt zu machen, der den Stein ins Rollen bringen sollte.

„Marie", sprach er mit weicher Stimme (Sie siezten sich schon beim Vornamen, was Holle eigentlich zuwider war. Er liebte es klassisch, wie in so vielen Dingen. Doch hier war ihm die Zielerreichung wichtiger als seine antiquierte aber nicht minder richtige Auffassung von Duzen und Siezen) „ich hoffe es wirkt auf Sie nicht zu plump oder gar aufdringlich, aber ich möchte Sie hiermit einladen, unser mich sehr erquickendes und anregendes Gespräch in meinem bescheidenen Heim fortzusetzen." Maries Reaktion ließ nicht lange auf sich warten. Ein breites Lächeln zog ihr Doppelkinn nach oben und verbunden mit einem heftigen Nicken versicherte sie Holle, dies für einen guten Vorschlag zu halten. Olaf bot ihr seinen Arm an und so schlenderten die vermeintlichen Turtel-täubchen in trauter Zweisamkeit gen den Holleschen Wohnräumen. Dort angekommen hatte Marie sichtlich Schwierigkeiten die Aufgabe zu lösen, ihren massigen Körper in die zweite Etage zu hieven. Holle befürchtete schon dass entweder das Ächzen und Stöhnen der fülligen Frau oder das des in die Tage gekommenen Treppenhauses könne seine Nachbarn neugierig werden und in den Hausflur treten lassen. Doch anders als bei seinem ersten Kochexkurs bemerkte niemand der Hausbewohner die Anlieferung der Zutaten. In seiner Wohnung angekommen half Holle Marie aus geschätzten acht Quadratmetern Baumwollstoff, die ein geschickter Schneider in einen ansehnlichen Frühlingsmantel verwandelt hatte. Nach einer Führung durch Holles

Wohnung, in der es der Besucherin besonders die bemerkenswerte Schreib- und Rechenmaschinensammlung angetan hatte, bat er sie in den Salon, wo er sie in seinem bequemen Ledersessel Platz zu nehmen hieß. Er selbst holte aus dem Kühlschrank eine Flasche eines vorzüglichen badischen Weißweines eines befreundeten Winzers welcher ihn jedes Jahr im Rahmen der hiesigen Weinmesse besuchte und mit dem köstlichen Traubensaft versorgte. Die Flasche rasch entkorkt und auf den Couchtisch gestellt holte er zwei Kristallgläser aus der Vitrine, goss den vielleicht etwas zu kühlen Wein hinein und reichte Marie eines der Gläser. Holle selbst nahm auf der Couch gegenüber des Sessels, den nun Marie bevölkerte, Platz und nahm genüsslich einen tiefen Schluck. Nun war es an ihm dafür zu sorgen, dass erstens Marie etwas betrunken wurde, zweitens er selbst nicht zu betrunken aber drittens betrunken genug wurde, seinen teuflischen Plan ausführen zu können. So saßen, tranken und unterhielten sich die beiden noch etwa 2 Stunden, leerten die erste Flasche Wein und eine zweite. Bis Holle spürte, dass der Moment nun gekommen war. Unter einem Vorwand, welcher den Autoren selbst nicht bekannt ist, entfernte sich Holle um in den Keller zu eilen. Dort griff er nach dem kurzstieligen Beil mit dem er Kleinholz für seinen Kachelofen zu schlagen pflegte und begab sich wieder in seine Wohnung. Hier angekommen trat er hinter Marie, die seine Rückkehr nicht bemerkt hatte, da er leise in die Wohnung geschlichen war und schlug ihr mit gemäßigter Wucht mit der stumpfen Rückseite der Axt auf den Hinterkopf. Sie sackte sofort in sich zusammen, der Kopf fiel auf die Brust. Holle atmete tief durch, das war geschafft! Nicht sicher, ob der Schlag ausgereicht hatte die Frau zu töten tastete Holle an Maries Halsschlagader nach ihrem Puls.

Er war sich nicht gewiss, ob das was er da spürte sein eigener Puls war oder ein letzter Hauch von Leben, der durch Maries Körper wehte. Sicherheitshalber nahm er das große Kissen von der Couch und drückte es einige Minuten fest auf ihr Gesicht. Nun konnte sie nicht mehr am Leben sein, dennoch wiederholte er die Kontrolle an Maries Hals. Diagnose nun eindeutig: tot.

Nach einem Glas Cognac machte er sich an den nächsten Schritt, den Transport des schweren, schlaffen Körpers in sein Badezimmer. Holle rückte den Couchtisch vom Ledersessel weg um ausreichend Platz zu haben die große Decke, die als Überwurf für das Sofa diente, vor dem Sessel auszulegen. Es kostete einige Kraft Marie vom Sessel auf die Decke zu befördern. Holle schwitzte und keuchte, doch schließlich gelang es ihm und ihr Körper landete mit einem dumpfen Schlag auf dem Überwurf. Gottlob war Holles Wohnung bis auf Bad und Küche, welche gefliest waren, vollständig mit Parkett ausgelegt, so dass ein Ziehen der Decke zwar müßig, aber nicht unmöglich war. Für die 10 Meter bis zur Badewanne benötigte er jedoch trotzdem einige Minuten. Kurz hielt er inne und lies von seiner Schlepperei ab um sich seinen Pullover auszuziehen, er schwitzte nun wirklich sehr stark.

Aus dem Wandschrank, in welchem er die Utensilien nach dem Vorlauf mit der Schweinehälfte verstaut hatte, holte er nun die Vorrichtung für den Flaschenzug sowie die Tauchsieder. Für seine Verhältnisse ziemlich rasch war die Apparatur wieder aufgebaut. Nachdem Holle Marie mit einiger Mühe entkleidet und ihr mit seinem elektrischen Haarschneider das Haupthaar entfernt hatte stopfte er Kleider sowie Haare in eine große Papiertüte. Alsbald machte sich Olaf daran Marie auf die Plane zu wälzen, auf welcher zuvor schon das halbe Schwein gelegen hatte. Dies klappte hervorragend, ebenso die Beförderung des Körpers in die Badewanne. Zum Glück hatte Holle eine sehr geräumige Wanne, so dass der im Vergleich zur Schweinehälfte doch etwas üppigere Frauenleib ausreichend Platz und sogar noch etwas Beinfreiheit fand. Marie bot einen hässlichen Anblick in der Wanne, so dass Olaf sich schleunigst daran machte, die Wanne mit Wasser zu füllen. Nun positionierte er die bereitliegenden Tauchsieder, und versorgte sie mit Strom aus den anderen Räumen der Wohnung, alles wie gehabt. Auf Suppengrün und andere Zutaten verzichtete Holle im Gegensatz zum letzten Mal, das schien ihm dann doch zu pervers zu sein. So begann das Wasser in der Wanne sich langsam zu erhitzen. In der Gewissheit dass der Kochvorgang bei Marie im Vergleich zum Schwein etwas mehr Zeit in Anspruch nehmen würde schlenderte Olaf ins Wohnzimmer um den Kachelofen in Gang zu setzen. Da dieser Frühlingsabend recht frostig ausfiel würde es gar nicht auffallen, wenn aus dem Kamin des Hauses lustige Rauchwölkchen puffen würden. Als die großen Holzscheite die er nach dem Entzünden des Anfachwerkes, bestehend aus Zeitungspapier, Tannzapfen und einigen kleingehackten Holzscheiten, nachgelegt hatte nach kurzer Zeit von den lechzend leckenden Feuerszungen eingenommen waren ging Holle ins Bad, nahm die Papiertüte und warf diese in die Flammen. Ebenso verfuhr er mit dem Mantel der Verstorbenen. Die verkohlten Hosenknöpfe und Reißverschlüsse sollte er am nächsten Morgen mit dem Schürhaken aus dem Ofen entfernen und mit dem Hausmüll entsorgen.

Nun machte er sich daran mit dem Staubsauger durch die Wohnung umherzugeistern, um mögliche Spuren wie

Haare Maries zu entfernen. Auch den Sessel saugte er ab, wischte den Boden im Flur und im Wohnzimmer und polierte den Couchtisch sowie die schon zuvor abgespülten Kristallgläser, welche er dann auch umgehend wieder im Schrank verstaute. Dann sah er etwas fern, nicht ohne zu bemerken dass aus dem Badezimmer ein Geruch von kochendem Fleisch in seine Nase drang. Zwar war der Geruch nicht so angenehm wie die Schweinebrühe, jedoch hatte er sich den Geruch unangenehmer vorgestellt. Trotzdem musste er sich übergeben, als er bei seinem Kontrollgang ins Badezimmer in die Wanne sah und dort den kahlschopfigen und leicht verkochten Leichnam sah. Er war zwar aus einem sehr harten Holz geschnitzt, aber das ging nun wirklich zu weit.

Nach knapp sechs Stunden war es soweit, Olaf entfernte die Tauchsieder und zog an der Kette, an welcher der Stöpsel befestigt war. Als die Wanne, bis auf den unansehnlich verkochten Körper, leergelaufen war, ließ Holle noch einige Zeit vergehen bis er sich sicher war, sich am Kochfleisch nicht mehr die Finger verbrennen zu können. Und so verfuhr er mit der toten Marie genauso wie an jenem Abend zuvor mit der Schweinehälfte. Messer, Knochensäge, Abfallzerkleinerer und Knochenmühle erwiesen ihm wiederholt ebenso treue Dienste wie sein Vorschlaghammer mit welchem er selbst die widerspenstigsten Knochen zertrümmerte. Der Schreiberling verzichtet hier auf eine detailgetreue Schilderung der Vorgänge, denn erstens war es nun wirklich nicht schön mitanzusehen und zweitens war das Prozedere nur unwesentlich anders als jenes Vorgehen zur Entsorgung des Schweines.

Als der letzte Knochenstaub entsorgt war machte sich Holle daran das Badezimmer von oben bis unten zu putzen. Chemikalien en masse brachte er zu Tage und nach einer Stunde war auch der letzte Beweis der körperlichen Existenz einer Frau Marie Grimm, ledig, Sachbearbeiterin im Personalwesen des Klärwerks Grauheim, in seiner Wohnung vernichtet. Allein für die Gerätschaften in Form der Tauchsieder, Knochenmühle und Knochensäge brauchte er noch eine unauffällige Entsorgungsmöglichkeit. Doch auch hierfür gab es einen Plan: jedes Frühjahr machte die Stadtbekannte Altmetallsammlerin Frieda die Runde durch Holles Viertel und jene nahm auch Holles wert- und geheimnisvolles Altmetallgeschenk an. Und er konnte sich sicher sein, Frieda würde das Metall zerlegen, das Kupfer der Tauchsieder aussortieren und jedes noch so kleine Teilchen zu Geld machen so dass Olaf, Krimineller par excellence, aus dem Schneider war. Mit dieser Gewissheit ging Holle zufrieden ins Bett. Als Olaf Holle einschlief, schneite es.

Kapitel 6

Am nächsten Tag nach dem Frühstück rekapitulierte Holle seine Situation. Eigentlich war ja alles glatt gelaufen. Dieser Mord kam seiner Vorstellung des perfekten Verbrechens sehr nahe. Keine Leiche – kein Mord. Eigentlich ganz schön einfach. Der wirklich riskante Teil seiner Tat war die Opferanbahnung gewesen. Aber so vorsichtig und vorausschauend wie er gehandelt hatte, sollte das Risiko des Gesehenwerdens minimiert worden sein. Allerdings verfolgte er in den nächsten Tagen den Fall nicht aktiv in der Presse. Holle war der Meinung, dass man, um nicht unter Verdacht zu geraten, keinesfalls zu aktiv auf die Spuren der Tat in der Öffentlichkeit achten durfte. Allerdings wurde es ihm auch nicht schwer gemacht. Die Vermisstenanzeige, die zwei Wochen nach der Tat geschaltet worden war, wurde nur in unbedeutenden lokalen Zeitungen auf nicht prominenten Seiten veröffentlicht. Die große überregionale Zeitung, die Holle zum Frühstück zu lesen pflegte war frei von jeglichen Spuren seiner Tat. Keine Erwähnung in den heute-Nachrichten oder der Tagesschau. Enge Freunde oder besorgte Verwandte schien sein Opfer auch nicht gehabt zu haben, denn im gesamten Stadtteil wurden nirgends diese Farbkopien in Ordnerhüllen mit dem Foto der Vermissten aufgehängt. Diese Art der privaten Suchbemühungen, die gerne für die Suche nach vermissten Haustieren eingesetzt wird. Aber all das ging an Herrn Holle vorbei, nachdem er sich ja ein komplettes Desinteresse an den medialen Nebenerscheinungen, seine Tat betreffend, verordnet hatte. Es wurde ihm gar nicht gewahr, dass auch die Öffentlichkeit ein außerordentliches Desinteresse an Tag legte.

Je mehr Tage und Wochen vergingen, umso mehr verschwand die Tat aus seinem Bewusstsein und umso mehr stieg in ihm das Verlangen nach mehr Risiko nach einer wirklichen Herausforderung. Das perfekte Verbrechen, einen perfekten Mord zu begehen war, verglichen mit anderen Strafsachen, gleichwohl simpel. Denn wo keine Leiche, da kein Mord, und wenn, wie in seinem Fall keine Beziehung zum Opfer besteht, ja nicht einmal Kenntnis besteht und es an offensichtlichen Motiven ja so etwas von fehlt, dann wird dieser Mord auf ewig und drei Tag von den Institutionen des Staates unerkannt und ungesühnt bleiben.

Anders hingegen verhält es sich hier mit andern Verbrechen. Erpressungen, bloßen Entführungen (ohne Tötungskomponente), Raubüberfällen und Diebstahlvergehen. Bei einem Mord hat das Opfer zwar nach der Tat weniger (kein Leben mehr), aber der oder die Täterin haben durch die Tat keinen unmittelbaren Vorteil weder einen geldwerten noch einen andersartigen. Bei den anderen genannten Strafsachen hingegen verhält es sich konträr. Auch hier fehlt dem beziehungsweise den Opfern nach der Tat etwas. In der Regel handelt es sich um Vermögensgegenstände die mehr oder weniger leicht in entsprechend liquide Mittel umzusetzen sind. Im Gegensatz zum Mord allerdings hat der Täter einen unmittelbaren Vorteil nach der Tat. Denn die Tat ist einzig und allein auf diese Vorteilserlangung ausgerichtet, allein diesem Zwecke dient diese Tat originär. Und genau dieser Umstand brachte für Herrn Holle den Reiz an einem derartigen Verbrechen. Denn genau dieser durch die Tat zu erlangende Vorteil und dessen Annahme stellte die große Herausforderung an die Durchführung eines perfekten Verbrechens dar. Man könnte zwar die

Beute eines, sagen wir, Bankraubes zwar in aller Stille verbrennen und sich darüber freuen, dass der Überfall perfekt und ohne Spuren abgelaufen war. Doch dieser Tat würde in den Erinnerungen an sie immer mit diesem Manko behaftet sein, durch das Verbrennen der Beute vor dem Risiko des Behalten beziehungsweise des Profitierens von der Beute geflüchtet zu sein. Je mehr Olaf Holle darüber sinnierte, umso fester wurde sein Beschluss, dem Mord ein zweites perfektes Verbrechen folgen zu lassen. Was er zunächst wie ein einmaliges Experiment betrieben hatte wuchs sich nun zu einer wahren Begierde aus. Jede freie Minute beschäftigte ihn die Idee einen Überfall oder dergleichen durchzuführen und dabei eine große Beute zu machen, die er, ohne Repressalien, von welcher Seite auch immer, fürchten zu müssen. Denn was hatte denn ein gewöhnlicher Dieb oder Räuber von seiner Beute? Bei Taschendieben beispielsweise war der Erlös je Diebstahl vergleichsweise gering, so dass diese gezwungen waren mehrmals täglich auf Raubzug zu gehen, was das Risiko des Erwischtwerdens beträchtlich ansteigen ließ. Aber auch Bankräuber haben es nicht viel einfacher. Im Gegensatz zum Taschendieb erlösen Bankräuber in der Regel hohe Summen. Der Besitz großer Summen Geldes weckt, wie gemeinhin bekannt sein sollte, gewisse Konsumwünsche, die bald befriedigt werden wollen und Aufmerksamkeit erregen. Oft sind solch große Brüche, wie es in der Fachsprache heißt, nur mit einem Team von mehreren Personen durchführbar. Und wenn man Mitwisser hat, dann verbreitet sich das Wissen um das geplante Vorhaben in gewissen Kreisen oft sehr schnell. So steht man dann nach der Tat vor der Wahl, von den Behörden gefasst zu werden oder von noch größeren Verbrechern unter Gewaltandrohung der mühsam ergaunerten Beute entledigt zu werden. Herr

Holle war sich sicher, das konnte gelöst werden, mit minimiertem Risiko. Nur das Wie bereitete ihm zusehends Kopfzerbrechen.

Nach einem seiner mehrstündigen Spaziergänge war Holle allerdings geradezu aufgedreht. Er hatte die Lösung gefunden. Er hatte einen Plan für den perfekten Raub mit Lösung für das Beuteproblem erdacht. Eine Stiftung wäre die Lösung. Er würde die Beute einer gemeinnützigen Stiftung als anonyme Spende zukommen lassen. Er würde einfach einen Koffer voll Geld oder anderen Wertsachen, denn was er zu rauben gedachte wusste Herr Holle noch gar nicht, per Kurier zustellen lassen. Auf diesem Wege wäre die Beute zumindest schon einmal einem guten Zweck zugeführt. Diese Lösung hätte aber bedeutet, dass Holle sich des Risikos entledigte. Aber das war ja noch nicht der ganze Plan. Das war vielmehr Teil zwei seines gesamten Planes. Er würde die Beute nicht irgendeiner Stiftung zukommen lassen, sondern natürlich seiner Stiftung, nun also der Stiftung bei der er als Geschäftsführer fungierte. So konnte er über die Verwendung der Spenden entscheiden und sich nebenbei ein ansehnliches Gehalt für seine Geschäftsführungstätigkeit zahlen lassen. Deshalb war Teil eins des Planes vor allem dem Projekt „Übernahme der Geschäftsführung einer Stiftung" gewidmet. Dies sollte sich aber als nicht besonders schwierig herausstellen. Denn Holle erinnerte sich, dass seine verstorbene Frau, Gott hab' sie selig, vor ihrem Ableben ein Beratungsprojekt bei einer kleinen Stiftung hatte. Diese Stiftung brauchte dringen Unterstützung beim professionellen Fundraising. Frau Holle hatte ein tragfähiges und praktikables Modell zur Mobilisierung von Spendern bereits fast vollendet, nur der Herzinfarkt, dem sie erlag, verhinderte die erfolgreiche

Vorstellung des Konzeptes beim genannten Kunden. Diese fertige Konzept zog Herr Holle aus der Schublade des nußhölzernen Sekretärs seiner Frau und wurde beim Stiftungsrat vorstellig.

Der Stiftungszweck der „Vor die Tür"-Stiftung lag in Förderung der Erwähnung und Thematisierung von Insekten mit einer Länge von weniger als 1,5cm in der Literatur der Gegenwart. Aufgrund verschiedener Ereignisse in der Vergangenheit der Stiftung waren zahlreiche Gönner ausgestiegen und hatten sich mit ihren finanziellen Mitteln weitaus prestigeträchtigeren Projekten zugewandt, wie beispielsweise der Förderung von Filmen wie „Cäsar und der Sand in den Iden des März". Mit dem Konzept seiner Frau begeisterte Holle den Stiftungsrat im Handumdrehen und bewarb sich hiermit erfolgreich um die Position des Stiftungsgeschäftsführers. In die Gehaltsverhandlungen stieg Herr Holle dann mit einem ungewöhnlichen Vorschlag ein. Er wolle auf jegliche Zahlungen verzichten bis es ihm gelungen sei, das jährliche Spendenvolumen um mindesten 100% zu steigern. Bei Erreichen des Zieles sollte die Stiftung ihm allerdings ein Jahressalär von rund 150.000 EUR gewähren. Holle brauchte wenig Verhandlungsgeschick um seine Forderung durchzusetzen. Bereits 14 Tage später trat er seine Geschäftsführungstätigkeit an, um das Konzept seiner Frau umzusetzen und seinen Raub vorzubereiten.

Jetzt fehlte Herrn Holle mal wieder ein Opfer. So frei von Bedingungen, wie bei der Wahl seines Mordopfers war er in dieser Beziehung allerdings nicht. Sollte doch seine Beute doch mindestens einen einstelligen Millionenbetrag ausmachen, so dass sich sein Beute-Plan auch langfristig rechnen könne. Die lukrativsten Objekte waren ja nun zweifelsohne Banken und Casinos gegebenenfalls auch gute Juweliergeschäfte. Deren Sicherheitstechnik war allerdings im Laufe der Jahre bereits so weit fortgeschritten, dass ein erfolgreicher Diebstahl oder Raub nur mit den entsprechenden Spezialisten realistischer Weise durchführbar war. Nachdem es sich nach Herrn Holles Philosophie allerdings verbat Komplizen in die Tat einzuweihen oder gar einzubeziehen, musste er ein Ziel finden, das alleine von ihm zu bewältigen war.

Nach reiflichen Überlegungen entschied Herr Holle, dass ein Geldtransporter das ideale Ziel seiner Bemühungen sein müsste. Unweit seines Wohnhauses war eine Filiale der Bundesbank und von dort sah er regelmäßig Geldtransporter abfahren. Er konnte den Bereich der Toreinfahrt zur Bundesbankfiliale bequem von seinem Badezimmerfenster aus einsehen. Wenn er den Überfall gut plante und vorbereitete, dann sollte es gar kein Problem sein, dass er nicht exakt vorhersagen konnte wann ein Geldtransport ansteht. Er musste lediglich geduldig sein und regelmäßig die Toreinfahrt der Filiale überwachen. Vielleicht würde er sogar eine kleine Kamera installieren, damit er die Überwachung bequem von seinem Ledersessel im Wohnzimmer vornehmen konnte. Der Beladevorgang des Geldtransporters, dass hatte er schon des Öfteren festgestellt, dauerte selten weniger als zwei Stunden. Das sollte ausreichend Zeit geben, nach Sichtung des Geldtransportes den Überfall zu initiieren.

Olaf Holle war bester Laune. Endlich hatte er wieder ein Ziel auf das er hinarbeiten konnte, einen Plan den er mit größter Akribie vorzubereiten gedachte. Das erste Problem war die Frage wie man den Fahrer des Geldtransporters am besten überzeugen konnte, das gepanzerte Fahrzeug anzuhalten und zusammen mit dem anderen Wachmann das Gefährt zu verlassen. Außerdem sollte ihnen keine Möglichkeit gegeben werden, in irgendeiner Form Alarm zu schlagen oder, was am fatalsten gewesen wäre, die Beute unbrauchbar zu machen, indem eine besondere Farbpatrone über den Geldscheinen zum Platzen gebracht wird. Aus diesem Grunde wollte er sich zunächst über Panzerfäusten und ähnliches Kriegsgerät informieren. Wenn er sich richtig erinnerte, dann konnte man beim Zeitschriftenhändler am Hauptbahnhof Fachmagazine zu diesem Thema erwerben. Also machte er sich gleich auf den Weg dorthin. Als Herr Holle dann zwei Stunden später fröhlich pfeifend und mit zwei Zeitschriften unter dem Arm die Treppen zu seiner Wohnung emporstieg, kamen ihm zwei Männer entgegen.

Letztes Kapitel

Von der Steuerfahndung waren die beiden Herren gewesen und hatten, neben sechs anderen Kollegen, auch einen Durchsuchungsbefehl dabei gehabt. Die gesamte Wohnung hatten sie auf den Kopf gestellt und waren auf der Suche nach belastendem Material für Steuerhinterziehung im mittelschweren Ausmaß gewesen. Vor allem Unterlagen zu seinem Auto und allen Autos, die er und seine Frau je besessen hatten, waren für die Ermittler von höchstem Interesse, insbesondere deren Kilometerstände.

Wenn auch nicht erwerbstätig, hatte Herr Holle dennoch Jahr um Jahr die Steuererklärung für sich und seine Ehefrau gemacht. Immer findiger war Herr Holle geworden in der, wie er es nannte, „kreativen Steuergestaltung". Was hatten er und seine Frau nicht alles für Sprachen gelernt, zu denen Sie unglaublich lange Anfahrtswege hatten. Herr und Frau Holle bewarben sich Monat für Monat in ganz Europa. Und traten jede Reise zu den Bewerbungsgesprächen mit ihrem Auto an. Es sammelten sich Jahr um Jahr exorbitante Kilometerangaben, die den Finanzbeamten immer misstrauischer werden ließen. Und genau diese Fahrtkosten brachen Herrn Holle nun offensichtlich das Genick. Die Steuerfahnder überprüften sämtliche Angaben über gefahrene Kilometer auf ihre Plausibilität. Das aktuelle Fahrzeug von Herrn Holle wie auch alle Autos die er und seine Frau je besessen hatten wurden ausfindig gemacht, Kilometerstände aus Verträgen aufgenommen und zur Plausibilitätsprüfung herangezogen. So standen am Ende rund 400.000 Kilometer, die angesetzt worden waren ohne je abgefahren worden zu sein. Aber das waren, bezogen auf die entgangenen Steuern, Peanuts. Die im

Raum stehende Strafe war nicht sonderlich hoch. Wenn überhaupt, dann könnte es zu einer Bewährungsstrafe kommen, aber daran glaubte nicht einmal der ermittelnde Staatsanwalt. Viel schlimmer war ein anderer Fund der Fahnder.

Ohrringe, ein paar wertvolle Ohrringe, die im Siphon des Waschbeckens in der Gästetoilette gefunden wurden. Diese Ohrringe waren vermisst gemeldet worden. Von der Tante seines Mordopfers. Offenbar hatte Marie sich die Ohrringe bei einem ihrer letzten Besuche bei ihrer senilen Tante, ohne um Erlaubnis zu fragen, ausgeliehen. Dumm für Herrn Holle waren nun zwei Tatsachen. Erstens, waren die Ohrringe außerordentlich wertvoll, denn sie gehörten einst einer berühmten, mittlerweile verstorbenen Hollywoodschönheit und waren von einem der berühmtesten Goldschmiede der frühen dreißiger Jahre in Amsterdam gefertigt worden. Zweitens hatte sein Mordopfer sich wohl, als er im Keller gewesen war um das Beil zu holen, in die Gästetoilette gezwängt, um sich frisch zu machen und hatte bei der Gelegenheit offenbar die Ohrringe abgelegt. Diese müssen dann wohl durch ein Versehen ins Waschbecken und durch den Abfluss gerutscht sein.

Die Autoren

Christoph Pavel, Jahrgang 1976, geboren in dem Jahr, in dem in der Bundesrepublik Deutschland erstmals die Gurtpflicht eingeführt wurde. Nach seinem Abitur versuchte er vergeblich Hoteldirektor zu werden und verpfuschte sich sein Leben mit einem Betriebswirtschaftsstudium. Sein ganzer Stolz ist ein von Hand abgeschliffener Kühlschrank mit Chromklappgriff. Nach einem Abstecher in die Schweiz und ins Tupperwesen lebt er heute zurückgezogen im Kreise seiner Familie im beschaulichen Mannheim.

Steffen Pavel, Jahrgang 1979, ein aufgeweckter Zeitgenosse, verbrachte seine ersten schöpferischen Jahre mit dem Verfassen, Konstruieren und Vortragen deutscher Sprechgesangtexte. Mehrere Male stand er mit seiner Band Beichtstuhl kurz vor dem künstlerischen Durchbruch und dem Abschluss eines Plattenvertrages. Nach der Aufnahme eines Soziologiestudiums mit mäßigem Erfolg wagt er sich nun an das Projekt Autorendasein. Pavel lebt im Münchner Stadtteil Obergiesing allein in seinem zauberhaften Loft.